54년생 신재혁

54년생 신재혁

© 漢濱 신재혁, 2024

초판 1쇄 발행 2024년 10월 18일

지은이	漢濱 신재혁
펴낸이	이기봉
편집	좋은땅 편집팀
펴낸곳	도서출판 좋은땅
주소	서울특별시 마포구 양화로12길 26 지월드빌딩 (서교동 395-7)
전화	02)374-8616~7
팩스	02)374-8614
이메일	gworldbook@naver.com
홈페이지	www.g-world.co.kr

ISBN   979-11-388-3645-6 (03810)

54년생 신재혁

漢濱 신재혁 시집

좋은땅

自序

오랫동안 생각하며 여러모로 궁리도 했지만
무엇이 옳은지 모르겠다.
아무리 요즘 새 세상은 누구의 눈치 볼 필요 없이 책을 출판
한다고 하지만 그게 과연 나처럼 아직 최소한의 경지에도 오
르지 못했으면서 이래도 되겠나.
다만 한 가지.
글을 좋아하고 아직 엄청난 고령은 아니지만
그렇다고 아주 젊은이도 아닌 나이이기에
더 머뭇거려 보아야 수준이 오를 것 같지도 않아
그냥 이렇게 펼쳐 보니 이해하여 주시길.
그런데 이게 시인지 수필인지는 나도 잘 모르니 독자들께서
이 또한 이런 글도 있구나 하는 마음으로 보아 주시길 바랍
니다.

2024년 8월
漢濱 신재혁 드림

목차

IV 세상이여!

I
54년생 신재혁

시 읽는 법

시 쓰는 법과 시 읽는 법은 어디에서도 찾을 수 없다.

시 쓰는 법에 따라 쓰는 것이 아니요.

읽는 법에 따라 읽는 것이 아니다.

그저 가슴이나 머리로 느끼고 생각나는 대로 쓰면 되는 것.

그저 보이는 대로 읽으면 되는 것이다.

인생 살아갈 때 정답이 없듯이 시 또한 정해진 법이 있으면

왠지 안 될 것 같은 것.

모든 것은 생각나고 느끼는 대로 쓰고 소리 내고 싶은 대로

읽어야 멋과 말이 제대로 감치게 되는가 보다.

54년생 신재혁

등단(登壇)

나는 시를 좋아하고 소설도 좋아하고
쓰는 것도 좋고 읽는 것은 더 좋아한다.
그래도 나는 시인도 아니고 소설가도 아니다.
왜냐하면, 나는 아직 등단을 하지 못했다.
그런데 나는 나를 시인으로 생각하니 나 또한 사기가 아닌
가. 그래서 깜짝 놀라서 이렇게 외쳤다. "나는 내 마음속에서
만 시인이다."
이러면 사기가 아닌가? 겁난다.

우리는 무엇으로 사나?

우리는 왜 살아갈까? 왜 사는가?
사정이야, 천만 가지도 더 있겠지만
누구나 공감하는 것도 무엇일까?
그것은 아마도 다만이라는 미완성이 아닐까 한다.
다만 이래서, 다만 이것만 아니면 다만 나에게만은 등등 좋
은 말이고 좋은 생각이다.
그래야 우리 모두가 살아가야 하는 이유가 조금이라도 보이
니까.

54년생 신재혁

노래

내가 제일 부러워하는 사람은 잘생기고 키 큰 사람도 아니고 돈이 많은 사람도 아니다.

노래 잘하는 사람이 제일 부럽다.

나는 술도 잘 못 먹고 노래는 아주 못하니 더 그렇다.

어느 곳에서든 노래 잘하는 사람만 보면 가수가 아니라도 한참을 바라보며 부러워한다.

혹자는 말한다. 노래가 별거냐고.

그저, 고 · 저 · 장 · 단만 잘 맞추면 된단다.

맞는 말이지만 그중 한 가지도 제대로 맞출 수 없으니 문제이다.

그래서 걱정, 근심을 날려 보낼 수 있는 방법이 어렵다.

그런데 노래 잘하는 이들도 그렇다 하니 나는 이해가 잘 가지 않지만 생각은 해 보아야겠다.

무엇이 가장 근심, 걱정을 없앨 수 있는지.

그러면 나도 좀 나아지려나 모르겠다.

혼자라면

혼자라면 무엇이 좋을까?

혼자라면 무엇이 나을까?

혼자라면 무엇이 괴로울까?

혼자라면 무엇이 어려울까?

혼자라면 무엇이 외로울까?

혼자라면 어떻게 살아야 할까?

혼자라면 이럴 땐 어떻게 해야 하나.

혼자라면 나는 무엇을 하며 즐겁고 화려하게 살 수 있을까?

이제부터라도 넓고 깊고 높은 연구와 고민을 해 보아야 할

것 같다.

더 푸르고 싱그러운 봄을 위하여…….

54년생 신재혁

공자님 말씀

십오 세는 학문을 아는 지학(志學)이요,

이십 세는 의젓하게 되는 약관(弱冠)이요,

삼십 세는 뜻을 세우는 이립(而立)이요,

사십 세는 중립이 될 수 있는 불혹(不惑)이요,

오십 세는 하늘의 명을 알 수 있는 지천명(知天命)이요,

육십 세는 듣기 싫은 말을 잘 들을 수 있는 이순(耳順)이요,

칠십 세는 뜻대로 살아가도 된다고 고희(古稀)라고 말씀하셨다. 그러나 나는 고희가 되었는데도 아직까지 불혹도 못된 것 같으니 어찌된 일일까.

나는 언제 이순을 거쳐 진정한 고희에 도달할까?

정말 걱정이다.

과유불급(過猶不及)

참 좋은 말이다. 그래서 나는 손자에게도 자주 말해 주고 그렇게 해 보라고 한다.

성인 말씀으로 중용(中庸)이라고 한다.

그러나 우리말로는 알맞게 적당히 하라는 말이다.

그런데 이 말은 어찌 보면 기회주의자나 변명을 하라는 구실을 주는 것도 같아 망설여진다.

모든 것에는 음·양이 있고 골과 산이 있으니 모든 이와 판단에 따라서 과유불급(過猶不及)을 잘 찾아야 하니 역시 삶은 살아 볼 만하다.

54년생 신재혁

문명 이기

세상에는 수많은 문명 이기가 사람들의 생활을 편리하게 한다.

그런데 우리와 같은 노력자들은 마냥 좋아할 수만도 없다.

어쩔 수 없이 쉽게 닦아 내지 못한다.

그냥 문명 이기가 없었다면 옛날처럼 살겠지만 이제 그리 살
수만은 없으니 나름대로 친하게 지내려니 어려움이 있다.

자식들에게 물어보아도 한두 번은 잘 가르쳐 주지만 자꾸 물
으면 왠지 눈치 보이고 길가의 가게에 들러 점원에게 신세
지려 하니 자녀분들이 같이 안 사는가 보지요, 하여 망설여
지게 한다.

물론 능수능란하게 잘하는 사람도 더러 있지만 나는 잘되지
않으니 내가 문제인가 보다.

고향(故鄕)

사람들은 내가 태어난 곳을 고향이라 한다.

동서양 사람들이 모두 고향을 애틋하게 여기겠지만 그래도 동양 사람들에게는 특히 남다른 향수가 괸다.

내 삶이 시작된 곳이기 때문일 것이다.

오죽하면 짐승도 생을 마감할 때에는 머리를 고향 쪽으로 한다는 수구초심이라는 말이 있을 정도이다.

그러나 이제 세월 탓으로 고향의 향수가 많이 엷어져서 사뭇 아쉽다.

마음의 고향, 제2의 고향이 더 많은 이들의 가슴에 남을 수밖에 없다.

그러나 누구든 어느 세월이든 고향, 어머니란 말은 항상 모두의 가슴을 울린다.

54년생 신재혁

기차가 보이고 강물이 흐르는 땅

내가 태어난 곳은 산골의 작은 마을이다.

읍내에 나갈 일은 없고 학교가 있는 장터까지 가는 것은 일상이었다.

지금은 우스운 이야기지만 5학년까지도 기차를 제대로 보지 못했다.

그래서 성인이 되어서도 기차는 괜히 보는 것만으로도 좋았다.

누가 좋은 땅이 있다고 하여 가 보니 아주 환상적이었다.

멀리는 기차가 지나가며 정다운 기차 소리가 들리고 바로 앞에는 강이 흐르는 그야말로 젖과 꿀이 흐르는 곳이었다.

망설임 없이 내 것을 만들었다.

그런데 이십오 년이 지난 지금 약간의 문제가 있다.

고속철도가 우리 방위로 가고 싶어 한다.

바로 옆의 산으로 터널을 뚫고 지나간다고도 하는데 어찌 치밀한 아주 가까이 철도가 오고 싶어 한다.

이런 젠장. 내가 노골적으로 기차를 좋아하고 사랑했나 보다.

이제 어떡하지. 그저 나라가 결정하는 대로 지켜볼 수밖에 없다만, 그래도 나는 기차가 지나고 달이 뜨는 강이 닿으니 여기에 머물 것이다.

평균(平均)

균형을 잡는 것을 평균이라 한다.
그럴 일은 정말 여러 가지이다.
그중 어려운 것은 누가 뭐라 해도 사람의 마음이 평균을 잡
는 것일 것이다.
한 사람을 가늠하는 것이 보는 사람마다 생각하는 시기마다
다를 수 있으니 정말 어렵다.
어느 사람이라도 후하게 또 박하게 가늠하는 것이 사람이니
마음의 평균은 잴 수 없으니 참으로 어렵고 오묘하다.

54년생 신재혁

정말 죽었을까?

다른 나라 사람도 그런 말을 하는지는 모르겠지만 유달리 우
리나라 사람들이 자주 하는 말은 죽겠다는 겁나는 말이다.

걱정도 하지 않고,

좋아 죽겠어.

싫어 죽겠어.

억울해 죽겠어.

심심해서 죽겠어.

화가 나서 죽겠어.

무서워서 죽겠어.

슬퍼 죽겠어.

오죽하면 죽고 싶어 죽겠다는 말까지 있을까?

그래도 심기하고 다행인 것은 그런 말을 하고 정말 죽은 사
람이 없다.

아무 말 없이 표시 내지 않는 이들은 오히려 잘못된 경우가
많으니 잘 살펴보아야겠다.

외국인들은 이런 말을 들으면 어찌 생각할까?

정말 죽을까 봐 걱정할까?

아니면? 궁금해 죽겠다.

엄마 어머니 어머님

엄마는 내가 가장 사정이 급할 때.

엄마는 내가 제일 기쁠 때.

엄마는 내가 가장 힘들 때.

엄마는 내가 제일 슬플 때.

엄마는 내가 제일 보고 싶을 때 부르는 이름입니다.

어머니는 그럼 어느 곳에서 불러야 할까.

아마도 내가 가장 여유로울 때 아닐까.

어머님은 볼 수 없을 때 다시 보고 싶을 때 절절함으로 저절
로 불러 보는 이름입니다.

54년생 신재혁

무엇으로 할까

우리가 살면서 끊임없이 하지 않으면 안 되는 것은 무엇일까?

숨쉬기, 밥 먹기, 운동하기, 사람 만나기, 여행하기.

어느 것 하나라도 하지 않으면 견딜 수 없다.

그러면 이것은 하지 않아도 될까?

맑은 정신이 되려고 하는 명상.

아무것이라도 이룰 것 같은 공상.

될 듯하면서도 약을 올리며 멀어져 가는 망상.

그야말로 비몽사몽 간 안개 속을 헤매는 몽상.

온 세상이 내 것이 된 것처럼 반짝이며 몸을 가눌 수 없게 미치게 하는 환상.

모두가 한몫을 하며 때에 따라서는 필요할 수도 있는 녀석들이다.

다만 너무 심취하면 하늘과 땅을 오갈 수 있으니 지나치게 친하면 곤란하다.

그럼 우리는 무엇으로 정할까?

그래도 아름답고 무한함이 있고 마음대로 마음껏 나래를 펼칠 수 있는 상상으로 하는 것이 어떨까?

자랑

자랑질은 어떻게 하면 되나?
자랑질 중 가장 많은 것은 가문, 나라, 동네, 나, 돈, 전세, 조
상도 아닌 손자 자랑이 으뜸이요 제일인 것 같다.
오죽하면 손주 자랑은 돈 내놓고 해야 한다는 것은 불변의
법이 생겼을까?
정말 희한하다.

웃음

웃음 종류도 엄청나게 많다.

냉소, 너털웃음, 파안대소, 나는 어떤 웃음을 할까?

그러고 보니 어떤 종류의 웃음도 너무 오래 해 본 적이 별로
없음을 알고 한심했다.

이제부터는 냉소라도 자주 해야겠다.

아니 기왕이면 냉소보다는 나와 같은 바보 히죽 웃음 해 볼
거나.

좋구나. 히죽히죽!

급급 만만디

참 우습고 화가 나는 제목이다.

나는 아주 급에 가깝다.

아니, 아주 급이다.

그래서 아내에게 눈총을 받는다.

급급이면 손해 보고 실수하고 우습게 보인단다.

나의 변명은 천성인데 어쩌느냐고 하지만 왠지 궁색하고 신
통치는 않은 것 같다.

어떻게 하면 급이 만이 될 수 있을까?

언제 될까?

영원히 안 될 것도 같아. 그래서 급하다. 아이고 힘들다.

54년생 신재혁

시 적는 법

수필은 붓 가는 내로,
소설은 궁리한 대로,
시는 잠깐잠깐 생각나는 대로 적는가 보다.
그러다가 생각이 멈추면 산, 바다, 물가를 헤매다가 바위에
앉아 잠깐 졸면 또 되려고 하는 것 같다.

점점 더

사람들은 누구든 점점 더 올라가려 하지 내려가려는 사람은
없다. 왜 그럴까?
점점 더 올라가야 멀리 보이고 모두를 내려다볼 수 있으니
그렇겠지.
하지만 바닷속에서는 점점 내려가 바닥에 닿아야 전복도 소
라도 잡을 수 있고 마음도 점점 내려가야 다시 힘차게 올라
올 수 있으니 이 또한 좋지 않은가?
서서히 천천히 올라오며 둘러보며 점점 더 올라오는 것도 재
미있고 편안한 마음이 될 수 있는 것인데…….

54년생 신재혁

왜 이리

왜 이리 눈물이 날까요?

왜 이리 웃음이 날까요?

왜 이리 걱정이 될까요?

왜 이리 답답한 가슴이 될까요?

왜 이리 사랑하고 싶을까요?

왜 이리 훨훨 날고 가고 싶을까요?

왜 이리 자꾸 돌아보고 싶을까요?

이제부터 앞만 보고 가렵니다.

왜 이리 될까요?

왜 이리 되었을까요?

지금까지 살아 보니

옛날에는 나이 많은 노인들이 이렇게 말하며 젊은이들에게
훈계도 조언도 충고도 했지만, 요즘은 그도 아닌 것 같다.
세상의 문물과 마음이 너무 빨리 변하여 노인들의 그런 말로
세월을 설파할 사이도 없다.
젊은이들도 오죽하면 쌍둥이도 세대 차이 난다 할까?
참으로 내가 너무 오랜 시간을 지나온 건가?
어지럽고 황당한 세상이다.
잘 바라보며 추스르며 가야겠다.

54년생 신재혁

심(心)

마음은 어떤 모양일까.

둥글까 네모일까 삼각일까 모르겠다.

아니 아예 모양이 없는 것 같기도 하다.

시시각각 변하는 것도 같고

만년 바위처럼 요지부동 같기도 하고

내 마음을 나는 잘 모르니 그래서 신기하기만 하다.

그래도 수십 년을 살아왔으면서 계속 내 가슴에

아직도 남아 있다.

얼마나 더 갈지 모르니 정말 마음은 대단한 것이다.

다른 이는 다 잘되는데

아무리 보아도 누구를 만나도 다른 사람들은 무엇이든 다 잘하
고 잘되는데 왜 나만 잘 안 되고 속 시원히 되는 일이 없을까?
내가 더 잘난 것 같은데 누구라도 한 번쯤은 느껴 보며 속상
했던 사연이 있다.
그러나 나도 모르는 일이 있었다.
만사형통하는 듯 보였던 다른 사람들의 앞만 보았지 그 사람
의 그림자인 뒤는 보지 않으려 했기 때문이다.
떠 있는 오리가 물 밑의 발은 쉬임 없이 움직였듯이……
그 사람도 나를 보면 하는 일마다 잘되어 보이지는 않았을까?
이제 힘을 내자.

54년생 신재혁

꺼벙이

누가 나를 꺼벙이라 부르면 화가 난다.

그러나 병아리, 송아지, 고도리, 노가리, 강아지가 어쩌냐고

물어보면 귀엽다고 할 것이다.

이 모든 이름은 아직 크지 않은 어린 것들이니까.

그럼 꺼벙이는 꿩의 새끼가 되니 화를 내면 안 된다.

갓난아이도 악어 새끼도 생쥐도 어린 것은 모두 가깝고 귀엽다.

아마도 아직 덜 채워져서 그런 것은 아닐까?

환생

나는 아직 종교를 갖지 못했다.

그래서 윤회설이나 천국을 택하지는 않았다.

어느 날 우연히 차를 타고 고층 아파트를 지나다, 엉뚱한 생각이 들었다.

이렇게 우리가 온갖 문명의 숲에서 잘 사는데 몇백 년 전 우리 조상님들이 환생하시어 한 달만이라도 이런 삶을 경험해보시면 무어라 하실까? 좋아하실까?

우리 후손들도 죄송스럽고 미안스러운 마음도 좀 덜해지지 않을까?

오천 년 조상님들이 다 납시면 감당이 어려우니 선택은 후손들의 문중, 종중 가족회를 거쳐서 가족당 한 분씩만 왕림하실 조상님을 선정하고 전체적으로도 이산가족 상봉처럼 엄격하고 냉정한 심사로 슈퍼컴퓨터가 수고하면 될 것이다.

나는 할머니를 선정하련다.

54년생 신재혁

오늘도 우리는

어제는 정말 그러지 않겠다고 다짐했건만
우리는 오늘 또 그런다.
다시는 슬퍼하지 않겠다고 정말로 화내지 않겠다고 모두를
편하게 용서하겠다고 맹세코 그런 사람은 만나지 않으리라
했건만 두 번 다시 사랑 같은 것은 하지 않겠다고 몇 번을 참
고 기다리며 생각해서 하리라 마음먹었지만 오늘도 우리는
그 모든 맹세, 생각, 이성은 어디로 가고 무엇에 조정받는 인
형처럼 나도 몰래 그리로 가니 이것이 아직도 미숙한 나의
진짜 그림자인가 보다.

다른 이들도 대체로 너무 황당한 생각인가?
나도 생각이 모자란 것 같지만 그래도 왠지 가슴이 뛸 것 같다.

반성(反省)

참으로 오랜만에 들어 보는 말이다.

몇십 년 전 국민학교 중·고등학교 때에는 많이 듣고 많이 써
보았던 정겹고 익숙하였지만 사회인이 되어서는 좀처럼 가
까이하지 못했다.

배우기는 하루 세 번 반성하라고 일일삼성이라고 금과옥조
같은 말이었으나 지금 나를 생각하니 그렇게 한 번도 한 적
이 없다.

선생님께 많이 써냈지만 나 스스로는 일일일성도 일 년에 일
성도 진정으로 하지 못했으니 내가 이렇게 제대로 성숙하지
못한 모습이 된 것 같다.

사람들은 나름대로 일일일성이라도 하는 것 같다.

그래서 복잡하고 어려운 이 세상이 잘 흘러가는 것이다.

다시 한번 옛날 그 많은 반성문 중 한 장이라도 찾아보아야
겠다.

54년생 신재혁

길

험하고 신비로운 천마고도 천산북로, 실크로드도 대단하지만 제주의 올레길로 우리의 자랑이다.

이 말고도 전국에 많이 있을 것이다. 자랑거리인 길이.

세상에는 땅 위의 길도 하늘의 길도 바다의 길도 있지만 볼 수는 없지만, 마음의 길도 있다.

볼 수 있는 길은 변화가 느리지만, 볼 수 없는 길은 자주 변하여 때로는 우리를 당황하게도 하고 정신 차리게도 한다.

사람마다 다르기에 아마 세상에는 육십억 개의 길이 있으니 나는 그중 하나를 차지하고도 작은 지분 하나도 제대로 가지지 못하니 여러모로 많은 수양과 노력을 해야겠다.

人生

인생을 무엇으로 논할 수 있을까?

인생을 어디부터 재단해야 할까?

인생을 누가 자신하며 결정할 수 있을까?

인생을 어떻게 보내야 할까?

비록 정답은 없지만 그래서 어렵지만 그래도 정말 살아 볼 만한 좋은 친구가 아닌가?

그래서 모든 이들이 연구하고 예찬하는 것이다.

지금은 당장 그저 그렇지만 앞으로는 더 신날 것 같으니 열심이고 지금은 높지만 내려갈까 봐 조심히 둘러보는 것이 좋지 않은가.

이제 우리 여럿이 손잡고 높고 넓은 세상을 노래해 보자.

54년생 신재혁

차 마시기

차를 마시는 법도 차의 종류만큼이나 많다.

정말 어려운 사람들과 마나 정중하고 무겁게 마시는 법.

아주 친절하고 편안한 사람들과 정말로 푸근하고 즐겁게 마시는 법.

약간은 면을 세우고 체통을 유지해야 하는 사람들을 만나서 적당히 유식함을 표현하며 신경 쓰며 마시는 법.

아주 처음 보는 관광지 관광객들처럼 만나서 다음은 생각하지 않으며 급하게 마시는 법.

그럼 어떤 차를 어느 다기에 어느 사람들과 마시는 것이 가장 좋을까?

규정이나 기준이 없으니 더 알 수가 없네.

결국은 정답은 없구나.

어쩌면 나 홀로 조용히 마시는 것도 좋겠구나.

II

아내에게 바치는 소네트

주인 의식(主人 意識)

주인 의식은 무엇일까? 어디에 있을까?

누구에게 물어보면 만날 수 있을까?

좋은 놈인가 나쁜 놈인가 참으로 궁금하다.

왜냐하면 나는 아내에게 주인 의식이 없다고 핀잔을 듣는다.

그래서 농작물도 많이 아프고 매사가 당신 뜻대로 안 되어서 걱정이 많단다.

나는 쉽게 납득이 되지 않지만 당신 기준이나 판단이나 눈에는 그리 보인다니 더 드릴 말씀이 없지만 그놈의 주인 의식을 만나면 꼭 묻고 싶다.

너는 어디 있냐고…….

어쩌면 하늘도 바람도 주인 의식이 없기는 마찬가지다.

주인 의식이 있는 하늘이라면 바람이라면 그리 변덕스러운 추위와 더위로 우리를 고생시키지 않을 것이고 그렇게 미친 듯 광풍이 불어 모든 것을 날려 버려서 많은 이들에게 고통을 주겠는가.

어떻든 하늘도 바람도 제대로 갖지 못한 주인 의식을 이렇게 보잘것없는 나에게 요구하는 아내가 힘들어 보이고 내가 많이 죄송하고 미안하다.

54년생 신재혁

아내

세상 여인들은 부르는 가장 많은 이름이 아내이다.

아내는 어떻게 아름다울까?

젊을 때에는 가장 아름답고 중년에는 마음이 몸보다 훨씬 아름다운 것 같다.

그리고 보이지 않으면 보일 때까지 찾아야 한다.

그래야 모든 시름이 사라진다.

그래서 또 내가 살 수 있는 것 같다.

조강지부(糟糠之夫)

왜 조강지처를 버리면 천벌을 받는다 했는데 어째서 조강지부란 말은 없을까?

아마도 여성들이 그동안 너무 많이 배신을 당해서 그런 것 같다.

그러나 이제 세월이 변해서 많은 조강지부들도 무시당하고 있을 자리가 없어 방황하고 때로는 아주 힘든 곳까지 가서 허무함으로 인생을 마감하는 일도 많이 있으니 앞으로는 조강지부들의 처지도 생각할 수 있었으면 좋지 않을까?

이런 황당함이 나만의 속 좁은 아우성인가 걱정스럽다.

남편은 누구일까?

내가 잘 아는 남편은 누구일까?

어느 때는 믿음직하고 의지하고 싶고 가슴 설레게 좋아하고 어느 날은 정말 밉고 초라하고 대책 없는 사람인 것 같고 어느 시간에는 잠깐이지만 그래도 같이 있는 것이 훨씬 나을 것 같아 약간의 정과 마음을 주는 사람은 혹시 아닐까?

아닐 거야. 그럴 리가. 그래도 왠지 꼭 아닐 것 같지도 않은 내 마음.

나만 그런 것은 아니겠지?

제사(祭司)

항상 설왕설래 말도 많고 탈도 많은 것이 살아 있다는 정치일 것이다.

세상 사람들이 가장 싫어하고 좋아하며 나는 상관없다고 하며 나도 몰래 제일 많이 훈수를 두고 있다.

이에 못지않은 것이 제사 모시는 법이다.

지방마다 다르고 집집마다 다르다.

더구나 사람마다 달라서 설왕설래하다 결국은 고성이 오간다.

그러나 이제는 세월도 변하고 더구나 코로나19를 겪으며 이상하고 황당하게 변질되어 어느 누구도 무엇이 옳은지 판정할 수 없다.

다만 한 가지 변함없는 것은 남편들이 아내들에게 눈치 항목 중 경제력이 대·소이고 그다음이 제사의 방법이다.

어찌 되었든 제사는 변함없는 아내들의 절대 권한이다.

54년생 신재혁

나 같은 사람 당신 같은 사람

이 세상은 나처럼 우물에서 숭늉을 찾아도 안 되고 당신처럼
비가 오는 데에도 뛰지 않아도 걱정이고 그래서 나 같은 사
람 당신 같은 사람이 섞여 살아야 세상은 되는 것이다.
다만 나 같은 사람이 너무너무 많으면 단단히 살펴 가지를
못 하니 당신 같은 사람이 더 많아야겠소.

소갈병

세상에 좋은 병이야 있겠냐마는 그래도 이 소갈병만큼 나쁜 놈도 드물다.

사람을 이처럼 약 올리고 힘들게 하는 것이 없다.

우선 마음대로 먹을 수도 없고 먹어서 안 되는 것도 왜 그리 많은지 남들은 마음껏 맛있게 먹는데 먹는 기쁨보다 마음의 아픔이 더하다.

매일 수치가 어느 정도 인지 꼭 바늘로 찔러야 되니 옆에서 보는 나도 몸이 움찔거린다.

제발 의학자들이여 우선 음주 측정기처럼 불어서 수치를 잴 수 있는 측정기라도 속히 만들고 그다음은 이 당뇨병을 잡아 가두기 바랍니다.

54년생 신재혁

제일 좋은 남편 가장 좋은 아내

이 세상 대다수의 부부들은 아마도 이런 바람을 가지고 있을
것이다.

내가 아는 지인들 남편들의 좋은 점만 내 남편이 가지고 있
으면 얼마나 좋을까.

마찬가지로 남편들도 같은 바람이 있을 것이지만 그 바람의
강도 차이는 있을 것이다.

남녀의 생각 탓이 아닐까 한다.

그러나 그런 남편과 아내는 존재하기 어렵다.

그리고 그래서도 안 된다.

왜냐하면 그런 능력이 있는 남녀를 옛날에는 전지전능하신
신이라 했고 지금은 사이보그 또는 컴퓨터라고 하니 그래도
그런 것들보다는 못해도 그냥 사람과 같이 사는 것이 서로가
더 낫지 않을까 한다.

아내의 작은 화단

우리 밭 한쪽 편에 아내가 정성을 들이는 작은 화단이 있다.
넓지 않은 작은 화단이지만 종류는 제법 많아 봄부터 가을까
지 갖가지 꽃이 제가 피어야 하는 순서대로 잘하여 그런대로
아담하게 어울려 아름답다.
그래서 가끔은 길을 가던 사람들이 차를 세우고 구경을 온다.
나와 아내는 인근의 산야에서 작고 납작한 틀을 주워 야트막
한 둑을 쌓고 약간 큰 돌은 비석처럼 세워 놓으니 그럴듯한
화단이 되었다.
아내는 정말 열심히 돌본다.
그 모습이 좋아 내가 본다.
계속 꽃이 피니 마음도 가벼워지는 것 같아 좋다.
다른 이들도 크지 않지만 아내의 작은 화단을 신기해하고 부
럽고 좋아하니 앞으로도 조금 더 많이 사랑해야겠다.

54년생 신재혁

꽃

세상에는 몇 가지 꽃이 있는가.

아무도 알 수 없단다. 제일 큰 꽃은 무슨 뜻인지 겨우 알아냈지만 가장 작은 꽃은 역시 모른단다.

제일 오래 볼 수 있는 꽃도 아직 어사무사하단다.

그럼 제일 짧은 꽃도 자존심 때문에 밝힐 수 없단다.

화무십일홍도 언제나 변함없지만 그래도 꽃은 영원할 것이다.

그래서 사람들이 열심히 연구하여 찾은 불변의 진리 같은 것을 드디어 찾았다.

그것은 제일 크고 오래도록 보기 좋고 기분 좋아지는 꽃은 수수한 아내의 화사한 웃음꽃이란다.

복권

복을 받을 권리가 복권이다.

그러나 과연 누가 어느 만큼이나 올곧게 잘 살아야 복을 받을 권리가 주어질까.

그래서 우리는 복권 당첨이 어려운 것 같다.

수많은 부부들이 우리는 왜 복권 같은 사이일까 한다.

성격도 식성도 취미도 생각도 안 맞아도 그렇게 안 맞을 수가 없다 하며 아쉬워한다.

그러나 어찌 생각하면 너무나 당연한 것이다.

어느 신이 복권을 관장하는지 모르지만 참 공평하신 것 같다.

너무 쉽게 누구나 당첨되게 관리하시면 그게 무슨 복권인가.

화를 부르는 화권이지.

그래서 우리는 정말 잘 살아야겠다.

침묵(沈默)

사람과 사람이 말하는 것을 대화라 한다.

말을 할 수 없어서 하고 싶지 않아서 할 말이 없어서 그냥 있는 것을 침묵이라 한다.

무언의 대화도 아주 좋은 대화의 한 방법이라 한다.

침묵하면 좋을 위정자 정치인들은 너무 많이 말을 쏟아내어 온 국민을 피곤하게 하고 제발 아무 말이든 해 보라고 속 터져 죽겠다는 소리를 듣고도 아무런 말도 하지 않는 남자들이 제법 많다.

오죽하면 부부는 하루에 얼굴과 눈을 보며 최소 5분 만이라도 대화하여야 한다는 말이 있을까.

이유와 형편과 사정은 제각각이겠지만 어느새 우리들의 대화법이 이렇게 되었으니 이제라도 적당한 대화로 좀 더 감미로운 세상을 향해 가는 것이 옳지 않겠나.

노는 사람

일하는 사람은 일꾼 노는 사람은 백수.

둘 다 할 수 있는 사람은 귀염둥이 사랑둥이.

삼식이의 친구가 백수이다.

하나만으로도 큰 문제인데 두 가지 다이면 구제불능이라고

세상의 여사님들이 구박을 한다.

그래서 대다수의 남자들이 여기에 해당되지 않으려고 발버

둥 친다.

그러나 녹록지는 않다.

제발 혼자 노는 법이라도 배워서 나를 제발 귀찮게 하지 말

라고 하는 여사님들이여.

왜 우리라고 그러고 싶지 않겠나.

이제 그래도 좋았던 젊은 날을 생각해서라도 좀 잘 봐 주실

수는 없는지요.

이러면 내가 너무 무리한 부탁을 드린 것은 아닌지?

54년생 신재혁

III
자연예찬

상산연가(上山戀歌)

그윽하고 맛 좋은 보이차를 마음껏 마시고
정다운 지인들과 하고픈 이야기를 남김없이
하고 나니 어느덧 하얀 달은 서편으로 기울고
초롱한 별들은 보석처럼 빛나는구나.
싱그러운 풀 향기가 남풍을 타고 다가와
화사한 꽃향기를 데리고 북풍을 만나 가네.
오늘은 모두가 좋은 밤.
감미로운 상산의 연가여!

소리

세상에서 가장 듣기 좋은 소리는 무엇일까?

사람마다 다르겠지만 그래도 제일 귀를 기울일 만한 것은 어떤 것일까?

돈 세는 소리, 새들이 지저귀는 소리, 아이들의 웃음소리, 살랑이는 미풍 소리, 내 논에 물들어가는 소리, 손주, 손녀가 부르는 소리, 사랑하는 이가 부르는 소리.

너무나 좋은 소리가 많아 걱정이다.

그러나 곧 소리보다 좋은 것은 겨울이 지나고 살며시 봄이 오면 대지가 부르는 봄의 소리인 것 같다.

뒷동산

뒷동산은 야트막한 산이어야 어울린다.
뒷동산이 늦으면 왠지 포근함이 없다.
그런데 나는 어릴 적 뒷동산이 너무 높아
저 산 너머에는 아무도 살지 않는 줄 알았다.
우리 동네만 있는 줄 알았다.
그런 뒷동산을 이제야 보니
정말 야트막한 뒷동산이 되었다.

54년생 신재혁

연초록 향연

지금은 온 산하가 연초록으로 물들어 간다.

눈을 들어 산을 보아도 눈을 아래로 내려 강을 보아도 강변의 버들도 온통 싱그러운 연초록이다.

이제 나날이 더 푸르게 변해 갈 것이다.

그래도 지금의 색깔이 제일 싱그럽고 향내음도 좋은 것 같다.

너무나 짙푸르러도 왠지 부드러움이 없어지고 강한 것 같다.

항상 신록은 정말 포근하고 편안하다.

강변이론(江邊理論)

나는 강변이론을 좋아한다.

저 건너 강변에는 아름다운 서양풍 전원주택이 멋있게 줄지어 있고 정원에는 기묘한 모양을 자랑하는 갖가지의 조경주와 조경석이 풍경을 뽐낸다.

그래도 나는 사람들에게 웬만하면 아니, 아주 절실하지 않으면 절대 강을 건너가서는 보지 말라고 했다.

너무 가까이하면 생각보다 좋지 않은 냄새날 것 같고 멀리서는 보이지 않았던 주름도 보이고 거미줄도 보인다.

그래서 너무 좋은 TV도 좋지 않다.

그저 강 건너에서 보는 풍경이 좋은 것 같다.

봄날

오늘은 정말 좋은 봄이다.

우리 밭 팔각 원두막에 앉아서 남한강을 바라보니 연초록 강 버들이 하늘거리고 계명산 기슭에는 벚꽃이 만개하고 내가 제일 좋아하는 복사꽃, 살구꽃이 눈 호강을 시켜 주고 개나리도 만발하여 정말 좋구나.

아직은 싱그러운 풀 내음이 나지 않지만 눈길 주는 곳마다 꽃길이다.

아직 풀이 있는 것도 아닌데 아내는 호미를 들고 밭을 왔다 갔다 하며 나만 편히 있는 것 같아 마음 편치 않아 호미를 들고 나가니 나는 할 일이 보이지 않아 이도, 저도 못 하다 아내 눈치를 보다가 슬그머니 다시 원두막에 오니 그래도 아주 좋은 봄날이다.

우중연가(雨中戀歌)

성하의 어느 날 구불구불한 길 위로 청량한 바람을 따라 모자람도 지나침도 없는 아늑한 곳에 오니 때마침 지나가는 소나기가 내린다.

화려함은 없지만 정다운 찻집에서 넉넉한 사장님의 배려로 야외 방갈로에서 냉커피를 마시며 막 피어나려는 운무를 보니 참으로 신선하고 여유롭다.

소나기도 물안개도 운무도 너무 좋다.

언제나 언제까지나 언제라도 영원하기를 빌어 본다.

이곳은 산과 물이 만나는 그윽한 명소여라.

월악산

우리 집에서 그리 멀지 않은 곳에 월악산이 있다.

설악산 · 치악산 · 관악산 · 운악산 · 무악산.

'악' 자가 들어가는 산은 험하다.

월악산도 명산답게 제법 바위도 많고 숨차게 가파르다.

월악산 정상을 영봉이라 하며 천 미터도 넘는다.

나도 몇 번 올라가 보니 만만치 않았다.

수많은 철 계단은 너무 힘들었다.

그런데 가을 경치가 너무 좋았다.

쪽빛 하늘에 저 멀리 까지 보이는 풍경은 아주 감동적이다.

단풍도 계곡의 청수도 쪽빛 하늘도 마음을 씻어 주었다.

은하수 빛 자작나무 숲

내린천 맑은 물을 따라 가파른 산길을 허위허위 올라가니 산
마루 넘어오는 겨울바람에 싸한 코끝이 상쾌하다.

쪽빛 하늘에 손이 닿지 않을까 봐 뽀얀 팔을 높이높이 올리
며 구름을 향해 손짓하는 은하수 빛 자작나무 숲의 해맑은
노래가 온 산에 은은하게 메아리친다.

땅에는 은빛 얼음이 앉아 있고 하늘에는 하얀 조각구름 하나
가 바람에 몸을 실어 산마루를 어루만지며 멀어져 가네.

54년생 신재혁

가을

하늘은 푸른 쪽빛
땅에는 황금물결
계곡에는 맑은 물소리
산길에는 들국화
들판에는 코스모스
앞산은 붉은 단풍
내 마음은 가을 향기

겨울

소리조차 추운 것 같은 매서운 바람이 한차례 대지를 할퀴고 지나간다.

깨질 것 같은 달빛이 눈 녹은 웅덩이를 다시 하얗게 얼려 놓았다.

벌써 가 버린 막차도 어디까지 갔는지 모르는데…… 언제까지 기다리려나?

웅크린 어깨가 부서질까 걱정이다.

버스 종점은 오늘도 휘몰아친다.

54년생 신재혁

남한강 용대 강변

환상처럼 피어오르는 물안개 아래로
이제는 텃새가 되어 버린
천둥오리 수백 마리가 날아오르고
우아한 큰고니가 여유롭게 떠 있다.
하늘거리는 강버들과 만발한 계명산 자락의
진달래 흐드러진 충주댐 벚꽃
남풍이 불면 싱그러운 풀내음
향기로운 꽃잎이 웃음이 나를 남한강 용대강변으로 유혹하
네……

햇살 좋은 가을 아침에

모든 계절이 나름대로 좋지만 햇살 좋은
가을에 청명한 하늘을 보는 것도 참 좋다.
바알간 알밤이 햇볕을 반기듯 얼굴을 내밀고
부러운 고개를 바람에 흔드는 잘 익은 벼도
만산홍엽 끝없는 붉고 노란 물결은 정말로
눈이 시리다.
쪽빛 하늘에 코발트빛 바닷물 그 속에 들어
않은 단풍 짙은 산그림자는 오래 보아도
질리지 않는다.

54년생 신재혁

동해

손 닿으면 깨질 것처럼 청명한 쪽빛 하늘과
가을바람에 하늘거리는 코스모스 길을 지나 물이 창창한
송림이 끝없는 대관령 길을 넘으면
눈이 시릴 듯 한없이 펼쳐진 푸른 바다는
볼 때마다 더 시원하게 가슴에 닿는다.
따로 명상을 하지 않아도 맑은 머리가 되고
답답했던 마음도 어느새 텅 비어 무엇이든 다시
채울 수 있다.
그래서 나는 너무 자주 와서 싫다는 아내의
핀잔에도 혼자서라도 오게 된다.
오가는 여정이 아름다운 동해로.

가는 비 오는 비

가을비가 제법 세차게 온다.

이제 여름이 가려나 보다.

오곡백과가 익어가는 이 가을에 이리 세차게 내리지 않아도 서글퍼지려는데 어찌 이러시나?

모든 것이 익어 가고 거두어 가는 계절입니다.

이제 차가운 북풍한설을 지나 만물이 소생하는 봄이 오련만 어찌 이리 세찬지.

봄비처럼 오는 비가 와야 하련만 그러나 이제 오는 비를 기다리며 가는 비를 반갑게 보내 줄 수 있으려나.

54년생 신재혁

IV
세상이여!

부동산(不動産)

우리나라 사람들이 모두 좋아하는 명산이 부동산이다.
다리가 튼튼하지 않은 사람들도 부동산에는 어떻게든 올라
가려 한다.
너무나 많은 명산이 있어 너무나 많은 사람들이 올라가려는
바람에 때로는 산이 무너지고 침몰하여 위험에 든다.
우리도 이제 그동안 부동산이 무너지는 것을 보았으니 지금
이라도 조금 멀리서 보며 더 멋있는 진짜 명산이 많으니 그
런 산으로 가벼운 마음으로 등산 갔으면 좋겠다.

54년생 신재혁

마음 전하기

예전에는 생각지 못했던 마음 전하기란 명언을 요즘에는 아주 많이 듣는다.

어디로 마음을 전할까? 예식장, 장례식장, 출판회, 개업식, 체육대회 참 마음을 전할 곳도 많다.

마음 전할 것, 계좌번호도 한 곳이 아닌 여러 곳이다.

두 계좌를 보내는 분도 계시다.

안전하게 마음을 받으려는 것 같다.

한편으로는 고맙고 황당하다.

나는 누구에게 어떻게 어떤 마음을 얼마나 전할까 고민 중이다.

행여 마음의 무게가 가볍지는 않을까?

모양이 마음에 들지 않는다 하시면 마음 전할 곳을 다시 생각해 보아야겠다.

정치의 필요함

이 세상 보통의 국가를 구성하는 것은
정치, 경제, 사회. 문화를 주축으로 한다.
물론 정치에 실망하는 대다수의 세계 시민은 경제가 우선이
라 생각하지만 그래도 어쩔 수 없는 현실은 정치가 안정되어
야 경제가 성장하며 국운이 상승한다.
없으면 더 좋을 것 같은 정치이지만 정치가 불안하면 경제가
무너진다.
그런 사정은 동 · 서 · 고 · 금에서 증명되었으니 말 안 듣고
미운 짓만 하는 아니 같은 정치지만 우리 국민이 잘 보살피
고 야단쳐서 지금보다는 조금이라도 더 성장 성숙한 정치인
을 보는 것에 희망을 걸어 보자.

미운 눈, 고마운 눈

눈은 마음의 창이요 호수 같은 눈동자는 사람을 빠뜨린다.
그런 눈도, 고운 눈, 미운 눈이 있다.
병의가 정성껏 수정한 눈이 고운 눈이 아니며 어렵고 잘못된
길로 가려는 자식을 무서운 눈으로 바라보는 어머니의 눈이
미운 눈이 아니다.
사랑스럽고 정성 어린 마음으로 바라보는 눈이 고운 눈이요
시기와 질투를 품과 속과 겉이 다른 마음으로 바라보는 눈은
미운 눈이다.

법(法)은

세상에 존재하는 법은 얼마나 될까?

아마 강변의 모래알만큼 될 것 같다.

그러나 좋은 법 나쁜 법은 아무도 알지 못한다.

만인은 법 앞에 평등하다고 한다.

그러나 과연 그런가? 유전무죄 무전유죄.

유전무죄 무전유죄. 왜 그런가?

몇십 년 억울한 옥살이를 한 사람의 법은 누가 어떻게 찾아 주나?

법 때문에 웃고 울고 고통받는 우리들은 어떻게 법이 지켜 줄까.

법을 만드는 사람들도 법을 판결하는 사람들도 법의 지배를 받는 민초들도 모두 사람인데 사람 위에 사람 있고 사람 아래 사람 있는가.

아! 있을 것 같다.

이제 그 어긋난 층을 편안하게 해야겠다.

모두의 힘으로 서로 도와 가며 가 보자. 이룰 수 있겠다.

힘들고, 오래 가야 하지만…….

지금 당장

많고 많은 세계 여러 나라에서 우리처럼 띠를 세는 나라가 몇 나라가 있는지 모르지만 참 묘한 것 같다.

누가 처음 만들었는지 알 수 없지만 대단한 것만은 정말이다.

요즘은 내가 아는 지인들이 어느 띠의 사람들이 이상하게 명을 달리하는 사람들이 많다고 하며 안타까워한다.

이유도 가지가지이고 사정도 천차만별이다.

하지만 모두가 같은 것처럼 생각되는 것은 몇 년만 더 일하고 부부가 여행도 가고 유유자적하며 살려고 했다는 것이 공통된 것이다.

항상 그런 것이지만 지금 당장 해야 한다.

그렇지만 희망, 욕심 등 합당한 이유로 그러하지 못하고 후회한다.

지금 당장 욕하지 말고 떠나 보자.

아기 울음소리

요즘 가장 듣기 어려운 소리 중 하나가 아기 울음소리라 한다.
그래서 동네, 도시가 나라가 없어진다고 한다.
어떡하면 아기들의 웃음소리가 사방에서 들려올까?
그래서 위정자들도 학자들도 그 대책을 세운다고 출산하면
집도 돈도 준다고 하나 아직 출산율이 늘지 않았다. 방향이
틀린 것 같다.
그것이 아니라 젊은이들의 문화와 정서를 바꾸어 줄 필요가
있다.
육아의 경제적, 물리적, 성긂보다 너무나 강한 자아의 실현
과 정신적 자유의 실현이 지나쳐 그런 것 같다.
우리 모두가 다시 한번 생각해 보고 경제적인 면과 문화적인
면을 같이 해결함이 옳은 것 같다.
시간이 많이 필요할 것이다.

여행(旅行)

문밖에 나서도 여행이란다.

하긴 꼭 멀리 가야만 여행은 아니다.

종류도 많다. 외국 여행, 국내 여행, 바다 여행, 섬 여행, 명산 여행. 요즘은 테마 여행이 대세란다.

그런데 요즘은 여행 왜 갈까.

답답해서. 식상한 일상을 전환하려고.

아주 중요한 결심과 결정을 하려고.

우정을 다지려고 사랑을 머물게 하려고.

특색 있는 음식을 찾아서.

이도 저도 아니면 하늘이 맑아서 오고 가는 길의 풍경이 좋아서. 이유와 구실은 여행의 종류보다 많아 다만 모두 그런 바람과 기대가 일말이라도 이루어졌으면 좋겠다.

갈등(葛藤)

칡덩굴이 등나무와 얽히고설키어 서로 못 살게 주는 것을 갈
등이라 부른다.
인간사의 갈등은 가까운 사이에서만 있는 것 같다.
서로 모르는 사람이야 갈등이 있기 전 보지 않으면 된다.
가족, 친지, 친구 가까운 지인 간에는 보지 않을 수 없으니 갈
등이 이루어지니 가까운 사이이니 손이 닿고 마음이 닿으니
쉽게 풀 수도 있으니 마음의 방향도 바꾸어 보고 눈의 높이
도 낮추어 보며 우리 한번 해 보아야 하지 않겠나?

54년생 신재혁

셀프(self)

셀프는 우리말로는 무엇이라 하면 될까?

네가 하세요. 나에게 미루지 말고 직접 하세요.

이런 것 같다.

셀프란 말보다 흔하고 편리한 것이 없어 요즘은 대세이다.

주유소, 식당, 마트의 계산 은행의 인출 등 없는 곳이 드물다.

그래도 병원에서는 맥박이나 혈압 체크 정도만 하면 되니 다행이다.

수술도 셀프로 하라면 정말 겁난다.

집에서 가족 간에도 셀프가 많으니 어떻게 줄여 보면 안 될까?

좋은 것 같기도 하지만 너무 합리적이고 삭막해······.

이 좋은 세상

둘러보면 참 좋은 세상이다.

다만 겪고 있는 형편에 따라 좋은 세상인지 느끼지 못하지만 그 어려운 시기만 지나가면 소나기 뒤에 푸른 하늘처럼 정말 절로 아 좋은 세상이구나 하는 아름다운 느낌이 들 것이다.

우리는 찰나가 모여서 순간이 되고 순간이 모여서 찬란한 느낌이 된다.

이 좋은 세상 천천히 걸으며 여러 번 느껴 보자.

54년생 신재혁

같은 제목

노래, 시, 소설, 영화에는 왜 그리 같은 제목이 많을까?
사랑, 이별, 증오, 비, 바람, 눈이 그중 많은 것 같다.
또 사람들의 삶에 제일 많이 나타나고 사라지는 현상들인 것
같다.
그리 보면 우리의 삶도 엄청 복잡할 것도 없는 것 같은데
동·서·고·금을 보면 셀 수 없는 노래, 시, 소설이 있는 것
을 보면 인간들은 간단한 삶을 복잡하게 만드는 것을 좋아하
는 것 같다.
이제부터라도 우리부터라도 좀 간단하게 살아서 가벼운 마
음으로 날아 보자.

싸움

싸움의 종류는 왜 그리 많은지.
골목의 아이들의 싸움.
옆집, 옆집의 이웃 간 싸움.
동네, 동네 간의 님비 싸움.
나라와 나라 간의 큰 싸움의 전쟁.
아직 들어 본 적도 본 적도 없지만
곧 있을지도 모를 외계인과의 고차원적인 싸움.
그래도 제일 복잡하고 해결 방법도
애매모호한 것은 물을 베는 부부 싸움이
종류도 많고 건수도 제일하다.
동·서·고·금 영원할 것 같다.

54년생 신재혁

코로나19

갑자기 온 세상을 얼어붙어 사람들의 만남도 못 하고 입을
가리게 만든 놈이 코로나19이다.

이놈 때문에 듣지도 못하던 재택근무.

명절에도 제발 집에 오지 말라고 길에 써 매달아 자식들을
기쁘게도 하고 슬프게도 했다.

그래서 제사도 물리치고 해외로, 심산유곡 캠핑장으로, 내몰
고 골골마다 농막이 들어 샀다.

그런 것이 이제 사회현상으로 자리 잡아 없어질 것 같지 않다.

다시는 그런 놈들이 창궐하지 못하게 단단히 연구하고 단속
해야겠다.

대만 여행

실제로 가 보니 선입견보다 나라가 넓었다.

경상도 크기의 땅덩이라고 안내인이 설명했다.

측량이 넓이는 그렇겠지만 마음으로 느끼는 대만의 크기는
너무 넓었다.

시가지 상가의 간판에는 외래어 찾기가 어려웠고 비록 화려
하지는 않았지만 사람들의 얼굴에는 여유가 넘쳤다.

총통과 입법위원 선거 기간이지만 그 흔한 벽보나 플랜카드
물결도 볼 수 없었다.

단지 건물에 작은 벽보 하나만 붙어 있었다.

느끼고 생각해야 할 것이 많았다.

작지만 큰 나라였다.

별것 아닌 것 같지만 자기들만의 전통과 역사 문화 질서는
아주 큰 자산인 것이다.

타산지석으로 삼아야겠다.

말

이것처럼 쉽고도 어려운 것이 없는 것 같다.

우리 삶의 시작도 끝도 말로 시작해서 끝난다.

그래서 말 때문에 화도 복도 오간다.

한마디에 천만 냥 빚도 갚을 수 있고 평생 가슴의 짐으로 남을 수 있다.

위로는 왕부터 아래로는 백성들까지도 설화로 패가망신도 대가 끊어지는 참혹함도 있었다.

지금도 지도자들의 설화도 온 나라가 흔들리고 국익도 망실되는 아픔도 있다.

정치인은 온 국민의 지탄이 되고 정치 생명도 단축되어 일반인도 삼자대면에 무릎맞춤까지 하며 사리가 소원해지고 관계도 어려움을 겪게 된다.

연예인들은 악성 댓글에서 시달리다 생을 마감하는 안타까운 일도 비일비재하다.

가족 간만이라도 작은 말 한마디에 큰 어려움으로 갈 수도 돌이킬 수 없는 사연이 되기도 한다.

이제 옛말처럼 세 번을 생각해서 아주 따뜻하고 위로가 되는 성숙하고도 부드러운 말을 해야 한다.

부모 자식, 자식 부모

전생에 무슨 인연으로 있었을까?

꽃과 나비, 산과 물, 새와 물고기, 악어와 악어새 어쩌면 구름과 비일 수도 있겠다.

그건 전생의 사정이고 이생에서는 온갖 애증을 품고 있는 부모와 자식이 된 것이다.

참으로 병 주고 약 주고 하는 사이가 되었다.

부모는 자식이 마치 만약 같은 존재이다.

금단 증세도 심하고 끊기도 어렵다.

그러나 자식은 부모가 그 정도는 아닌 것 같다.

사람은 내리사랑은 있어도 치사랑은 어렵다 하더니 그런 것 같다.

어찌 되었든 부모는 자식들의 따스한 한마디, 씩씩한 한마디, 명랑하고 쾌활한 한마디에 일희일비하며 여생을 추스르려 한다.

아무리 어려워도 내 여생이 정리될 때까지는 그 누구도 내리사랑은 이어질 것이다.

치사랑이 어려운 만큼 내리사랑은 더한 뜻이 이어질 것이다.

54년생 신재혁

시달림

이 나쁜 놈을 우리말로 뭐라 하면 좋을까?

하고 연구하니 시달림이란 말이 이놈에게는 제일 합당할 것 같다.

여러 학자나 외사들이 만병의 근원은 스트레스가 되고도 남음이 있다.

어느 날 아침 닭장을 열어 보고 정말 몰랐다.

두 곳에 닭장에 있던 닭이 모두 죽고 2마리만 살아남았다.

살펴보니 허술한 곳이 철망 그물을 뜯고 살쾡이나 들개가 들어와서 그랬던 것 같다.

어찌 되었건 상처를 입어서 작은 닭은 5마리도 되지 않고 서른세 마리는 시달림을 받아서 죽은 것이다.

참으로 황당하고 안타까운 일이었다.

그런 와중에 갑자기 엉뚱한 생각이 들었다.

모든 병과 암, 해충도 각기 알맞은 스트레스 전자파를 만들어서 물리치면 얼마나 좋을까.

우리 사회의 나쁜 놈들도 알맞은 스트레스로 난화하여 개과천선을 지킬 수 있다면 정말 고마운 시달림이 될 터인데 그럴 수 있을까.

열심히 연구해 볼 만하지 않을까?

요즘 온 국민을 괴롭히는 빈대란 놈도 스트레스 전자파로 아주 세게 쳐내야겠다.

힐링 정원

높다랗고 널찍한 곳 양광이 비추고 서기가 어린 터에 붉은 기와지붕의 소박한 저택이 고즈넉하게 살며시 자리 잡고 우아한 자태를 뽐내며 고고히 서 있는 몇 그루 소나무 아래는 온갖 기화이초가 만발하고 둥글둥글한 돌담 밑에도 이름 모를 꽃들이 살며시 팔을 흔든다.

둥근달이 소나무 사이로 은은하게 보이는 밤이나 힘차게 솟아오르는 태양이 찬란히 빛날 때나 그 자태가 변함이 없다.

춘·하·추·동 각기 다른 모습으로 자태를 빛나게 하는 보석 같은 정원이다.

그러기에는 보이지 않은 정과 열의 다함이 함께해서 이루어진 것이다.

새벽에는 물 주기·잡초 제거를 마다하지 않고 전념을 다하는 주인장 내외의 정성이 어린 선물이다.

앞산 상산의 울창한 송림도 같이 조화로워 더 좋은 서기로운 보금자리이다.

준비 중

세상에는 준비해 두어야 할 것이 한두 가지가 아니다.

나라가 백성들이 마음 놓고 잘 살 수 있게 경제도 누가 침범 못 하게 안보도 우리만 따돌림당하지 않으려고 외교도 준비해야 한다.

준비, 약간 격조 있는 말로는 유비무환이다.

그런데도 매년 크고 작은 사건사고로 어려움과 곤혹을 치른다.

환경이 무너져 0.5℃만 더 올라가더라도 살 수가 없다는 무시무시한 것도 지금 지구 종말의 시계가 몇 분 남지 않았다는 공포스러운 예언도 있지만 이것은 우리 같은 범인은 준비할 수도 없고 피부에 절감스럽게 와닿지 않는다.

대다수 소시민들의 준비 형편은 전월세금, 가족, 친지의 애경사 등 소소하고도 눈앞의 절실함이 가득한 것이다.

그러나 준비 운동만 하고 바다에 풍덩 뛰어들 듯 그렇게 간단명료하게 되지는 않는다.

어쩌면 준비 운동만 하다 본게임은 하지도 못하고 주저앉은 경우도 많다.

54년생 신재혁

참 이런 사정, 저런 형편으로 노후 준비도 하다가 보면 노후
가 된다.

인생은 그래도 준비하며 살아 볼 만하다.

어려운 준비에도 제법 쏠쏠한 재미로 나름이 있기에.

금이 간 항아리

예전에는 장독간에 금이 간 항아리를 굵은 철사로 정성껏 동여매서 사용하는 것을 쉽게 볼 수 있지만 요즘은 보기가 쉽지 않다.

너무 새것만 있어 왠지 정감은 엷어진 것 같다.

이렇듯 깨지지 말고 금이 간 정도로만이라도 있어 달라고 그렇게 해 놓았다.

가만히 생각해 보면 지금은 우리네 삶의 여러 가닥이 그런 형편인 것 같다.

나라와 나라 간의 이웃과 이웃도 부부 사이도 형제들 사이도 어찌 보면 금이 간 항아리처럼 지나는 것은 아닌가?

조금 힘주어 손대면 깨진 항아리가 되어 잠시 동여맨 설치 미술처럼 굵은 철사만 덩그러니 남아 있을 것 같아 걱정이다.

어찌 되었든 단단한 접착제처럼 모든 관계가 깨지지 않는 관계가 되었으면 정말 신나고 좋겠다.

54년생 신재혁

이슬

어느 여름날 풀잎 끝에 맺혀 아침 햇살에 보석처럼 영롱히 빛나는 이슬은 참으로 아름답다.

찬 이슬을 한로라 하여 가을을 이슬이란 이름이 재촉한다.

좋기는 좋은가 보다.

많은 이들의 사랑을 받는 소주에도 이슬만 먹고 사는 것이라 여기며 동경했다.

물론 조금 지나면 산타 할아버지가 선물은 주지만 애써 마련한 사람은 다른 이라는 것을 아는 것처럼 알 수 있지만 그래도 왠지 영원히 그 상상의 나래를 좋아하는 마음을 들킬까 봐 어찌할 바를 몰랐던 그 시절이 더 커지지 않았으면 깨지지 말았으면 좋겠다.

약속(約束)

약속은 깨기 위해서 한다고 한다.

세상을 살다 보면 큰 약속, 작은 약속. 중요한 약속, 가벼운 약속이 수도 없이 많다.

그래서 작은 약속 하나에도 큰일이 성사되고 작은 약속 하나로 큰일이 무산되기도 한다.

그러나 우리는 가벼운 식사 약속쯤이야 쉽게 넘겨 버리기도 하지만 우리의 삶은 약속의 연속인지도 모른다.

교통신호도 약속이요 크게는 지도자의 공약도 약속이다.

이런 약속이 지켜지지 않으면 감당키 어려운 큰일이 일어난다.

우리는 아무리 작은 것이라도 태산처럼 크게 보아야 한다.

54년생 신재혁

대장 노릇 하기

사람은 대장 노릇 하기를 좋아한다.

오죽하면 용의 꼬리보다는 뱀의 머리가 좋다고 하겠나?

대장 노릇은 골목대장, 직장에서의 대장 노릇, 모임에서 대장 노릇, 크게는 세계를 제패하려는 지구대장이 있다.

하지만 제일 어려운 것은 집에서 대장 노릇 하기다.

형제 간 대장하기 친척 간 대장 노릇 하기.

그보다 훨씬 어려운 것이 부모 자식 간의 대장 노릇이다.

자식들이 가정을 이루어도 불혹의 나이가 되어도 여전히 어린 줄 알고 옛날의 생각대로 대장 노릇을 해서 고부 간 갈등도 더해지고 자식들도 힘들어한다.

아내가 대장 노릇에 심취하면 남편이 어렵고 남편이 그러면 아내가 대책이 없다.

이제 모두 믿으며 멀리서 보고 기다려 보는 것도 우리가 해야 할 약속이 아닐까?

전기세 VS 전기요금, 수도세 VS 수도요금

사람들은 아직도 전기세, 수도세라 하는 이들이 많다.

한국전력에서는 전기세라 하면 많이 싫어한다.

시청에서도 수도세라 하면 아주 상세히 설명하며 세금이 아니라 요금이라고 걱정스럽게 말한다.

왠지 세금은 그냥 억울하게 내는 돈처럼 생각이 든다.

사실 나라를 운영하려면 세금은 꼭 필요하다.

그러나 눈먼 돈은 너무나 많이 떠도는데 그것을 나만 못 쓰는 것 같아 그렇다.

이제 한전이나 시청의 걱정을 덜어 주려면 전기요금, 수도요금이라 하자.

투자와 투기는 무엇이 다를까?

무전의 처지에서는 모두 투기가 되고 유전의 사람은 투자가
될 수 있다.
아무튼 모두가 조심해야 할 것이다.

표준말

손자, 손주 어느 것이 표준말일까?

그러나 어느 것이 되었든 나에게는 어찌해 볼 수 없는 말이다.

조금만 중독되면 좋으련만 그럴 수 없으니 이 또한 큰일이다.

그래도 다행은 몸집이 커 갈수록 내 마음의 중독은 조금씩
줄어든다.

하늘

하늘의 시작은 어디이고 끝은 어디쯤일까?
기뻐도 슬퍼도 우리는 하늘을 부른다.
그럼 영원한 보호자인 하늘을 부른다.
그럼 영원한 하늘은 어디에서 와서 어디로 갈까?
정말로 고맙고 위대한 어머니이다.
사랑해야겠다. 하늘은.

뻥튀기

며칠 동안 대한 추위가 제법 자리매김을 하고 갔다.

오늘은 그동안 미안했던지 좋은 날씨가 되었다.

그래서 아내와 뻥튀기 할아버지에게 옥수수 두 방을 가지고 갔다. 몇십 년 이 자리를 계속 지키며 여러 남매를 잘 가르쳤다 하시며 대단한 자부심을 보여 주신다.

천정의 희미한 형광등과 오십 년 된 TV가 아직도 잘 나온다고 대견해하시는 모습이 좋았다.

세상을 순간적으로 키울 수 있는 뻥튀기처럼 할 수 있다면 행복할까?

그래도 너무 쉽게 커져서 약간의 물기에도 힘없이 무너지는 것은 아닌지.

그저 힘들고 더디게 가더라도 지금처럼 가는 것도 해 볼 만한 것 같다.

54년생 신재혁

공인과 자인

여러 사람이 그 사람이 최고다 하는 것은 공인이고 나 혼자
내가 제일이라고 하는 것은 자인이 된다.
지금은 공인보다 자인을 주장하는 사람이 흔하다.
자인이 꼭 나쁜 것만은 아니다.
그러나 다른 이들은 아닌 것 같은데 나 혼자만이 내가 기준
이고 내 말과 판단이 법이다 생각하면 그것은 곤란하고 난감
하다.
자부심을 가지고 열심히 노력하는 것은 존경의 대상이나 그
렇다고 만인을 뛰어넘었다고 나 말고는 없다고 하면 미친 이
가 될 수 있고 혼자가 되어 외로울 수도 있으니 나는 과연 공
인인가 자인인가 가늠해 보라.

운동

인생의 제일은 건강이다.

금은보화도 만인지상도 내가 누워 있으면 이것들이 무슨 오
묘한 구실을 할 것인가?

그래서 사람들이 온갖 기발하고 유효적절한 운동을 한다.

육체적으로 정신적으로 모두 여기에 심취한다.

때로는 정말 귀찮고 하기 싫어도 멀리 보고 높이 보며 애달
프고 절절하게 때로는 기구에 매달려 때로는 혼자 하염없이
오고 간다.

참으로 신성하고 위대하다.

모든 이들이여, 만인이 운동으로 성취하시길 바랍니다.

54년생 신재혁

커피

바쁘고 소란스럽던 아침이 지나고 조용하고 적막함이 찾아
오면 수줍은 햇살이 살며시 얼굴을 내밀면 한 잔의 커피를
들고 창 앞에 앉으면 참으로 많은 것이 내 것이 된 듯하고 보
이는 풍경마저 여유롭고 살갑게 느껴진다.

옛날에는 거리마다 그 많던 영, 길, 호수, 다정, 종점, 백합,
장미, 다방은 어디로 가고 이제 이름도 세련되고 발음도 만
만치 않은 카페와 숍으로 되었다.

어느새 되돌아보아야 할 시간이 많은 것 같다.

새삼 정다웠던 그 거리, 그 이름이 아련한 것은 다시 한번…….

시간이란?

하루는 지루하고 긴데, 한 달은 너무 빠르다고 노인들은 한탄하고 젊은이들은 하루는 짧고 금요일까지는 많이 기다려진다고 한다.

세 사는 입장은 월세난이 빠르고 세 받는 이는 그날이 길다고 하니 같은 시간 같은 나날인데도 왜 그럴까?

어쩌면 순서 때문이 아닐까?

그러나 언제라도 바뀌는 것이 순서련만 마치 붙박이가 된 것 같구나.

54년생 신재혁

설날

나 어릴 적 설날은 참 설레고 행복했다.

설이 며칠 남지 않으면 아버지들은 산에 가서 나무를 많이 해 오시고 어머니는 설음식을 만들어 우리를 맛있게 먹을 수 있게 하시고 설 대목 장날에는 우리들의 속내의나 나일론 점퍼, 신발을 사 오셨다.

정말 새 신발을 신고 마당을 내려서면 온 세상이 내 것 같았다.

설이 내일모레면 동네 아버지들은 짚으로 만든 둥구미에 김이 무럭무럭 나는 찐 쌀을 지게에 지고 장터 방앗간으로 가래떡을 만들러 가신다.

차도 없고 길도 좁아 지게에 지고 아버지들이 줄지어 방앗간에 가시는 모습이 지금도 선하다.

고무신이 눈길에 미끄러지지 않게 하려고 짚으로 신발을 묶어 눈길을 가신다.

설날에는 그야말로 때때옷을 차려입고 구멍 난 과자는 실에 꿰어 목에다 걸고 집집마다 세배를 다녔다.

세배꾼이 정말로 많았다.

한복을 차려입은 어른들이 세배 순서를 기다리시는 모습이 많았다.

우리도 할아버지가 연세가 많으셔서 아버지 친구들이 세배를 많이 오셔서 어머니가 다과와 술상을 하루 종일 차리셨다.

지금의 설날에는 많은 차들에 고속도로가 주차장이 되고 공항에는 여행객들이 장사진이다.

정말로 격세지감이다.

54년생 신재혁